Analyse de l'œuvre

Par Natacha Cerf et Thibault Boixière

Don Quichotte de la Manche

de Miguel de Cervantès

lePetitLittéraire.fr

Rendez-vous sur lepetitlitteraire.fr et découvrez :

Plus de 1200 analyses
Claires et synthétiques
Téléchargeables en 30 secondes
À imprimer chez soi

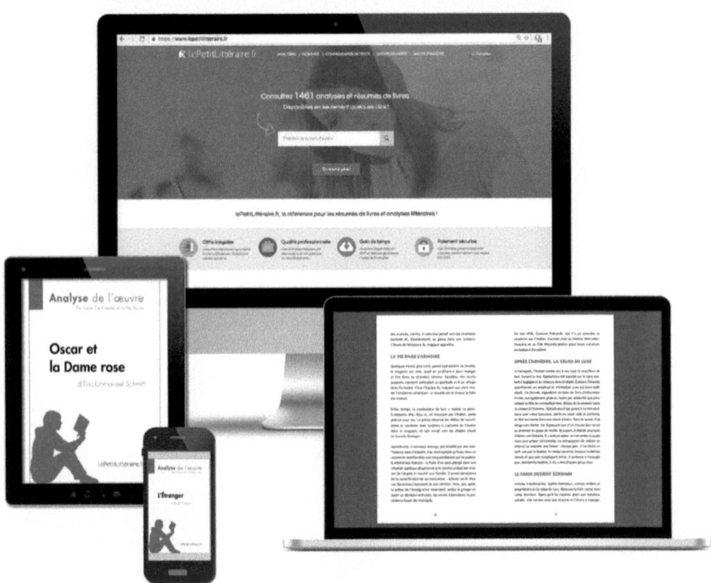

MIGUEL DE CERVANTÈS

ROMANCIER, POÈTE ET DRAMATURGE ESPAGNOL

- **Né en 1547 à Alcalá de Henares (Madrid)**
- **Décédé en 1616 à Madrid**
- **Quelques-unes de ses œuvres :**
  - *Galatée* (1585), roman
  - *L'Ingénieux Hidalgo Don Quichotte de la Manche* (1605 et 1615), roman
  - *Les Travaux de Persille et Sigismonde* (1617), roman

Né en 1547, Miguel de Cervantès Saavedra est un romancier, un poète et un dramaturge espagnol reconnu comme étant à la source du premier roman moderne : *L'Ingénieux Hidalgo Don Quichotte de la Manche.*

Cervantès combat au nom du catholicisme durant la bataille de Lépante en 1571. À son retour en Espagne, il est fait prisonnier et passe cinq ans au bagne d'Alger. Son mariage et un emploi de fonctionnaire ne signent pas la fin de sa longue vie d'errance, puisqu'après l'échec de son union, il reprend ses voyages. Il séjourne à nouveau en prison à la suite d'un trafic d'impôts. Sa carrière littéraire commence en 1585 et, s'il est peu reconnu de son vivant, Cervantès reste un maitre de la littérature burlesque.

DON QUICHOTTE DE LA MANCHE

UNE FOLIE CHEVALERESQUE, FRUIT DE LA LECTURE EXCESSIVE DE FICTIONS

- **Genre :** roman
- **Édition de référence :** *L'Ingénieux Hidalgo Don Quichotte de la Manche*, Paris, Seuil, coll. « Points », 1997, 518 p.
- **1re édition :** 1605 et 1615
- **Thématiques :** folie, chevalerie, lecture, parodie, imaginaire

Don Quichotte est un roman dont le premier volume est publié en 1605. L'auteur prétend que les premiers chapitres sont issus des *Archives de la Manche* et les autres traduits de l'arabe par un auteur morisque (Maure espagnol converti au christianisme) : l'enchanteur de Don Quichotte.

Le roman raconte l'histoire du gentilhomme Quesada qui lit énormément de livres de chevalerie au point d'en perdre la raison. Après s'être fait chevalier errant, baptisé Don Quichotte, il parcourt l'Espagne sur son vieux cheval, Rossinante, accompagné de son écuyer Sancho Panza, un pauvre paysan naïf. Le chevalier accomplit ses exploits pour l'amour d'une paysanne, Dulcinée du Toboso, qu'il ne rencontrera jamais. Sa folie chevaleresque transforme les moulins en géants et les paysannes en belles princesses, ce qui donne lieu à nombre de mésaventures.

RÉSUMÉ

PREMIÈRE PARTIE

Chapitre I

M. Quesada est un gentilhomme vivant dans un village de la Manche avec sa gouvernante et sa nièce. Il passe le plus clair de son temps à lire des romans de chevalerie, nuit et jour. Sa tête est emplie des aventures, des batailles, de la galanterie et des enchantements de ses livres. Le pauvre en perd la raison et se fait chevalier errant pour chercher les aventures et réparer les injustices. Il nettoie l'armure moisie de ses aïeux et s'extasie devant sa monture, un vieux cheval qu'il compare au Bucéphale d'Alexandre le Grand (roi de Macédoine, 356323 av. J.C.). Il se renomme Don Quichotte de la Manche et baptise sa bête Rossinante. Pour être un parfait chevalier, il ne lui manque plus qu'une dame au nom de laquelle il pourra accomplir des exploits. Il se souvient d'une paysanne dont il s'était épris jadis et la baptise princesse Dulcinée du Toboso.

Chapitres II-III

Les préparatifs achevés, Don Quichotte ne veut pas attendre davantage pour mettre à exécution son projet, persuadé que, s'il prenait le moindre retard, il priverait grandement le monde où il a, croit-il, beaucoup d'offenses à venger, de torts à redresser, d'injustices à réparer, d'abus à corriger et de dettes à honorer.

Il part et décide que le premier venu pourra l'armer chevalier selon les règles de son ordre. Le soir tombé, Don Quichotte arrive à une auberge devant laquelle se tiennent deux filles publiques qu'il prend pour deux nobles dames discourant devant un château. L'aubergiste, qu'il prend pour un châtelain, lui offre le couvert et accepte de l'armer chevalier.

Chapitre IV

Au sortir de l'auberge, Don Quichotte se fait justicier et défend un valet se plaignant de ne pas recevoir ses gages. Mais une fois le chevalier parti, le maitre du valet le rosse encore plus. Poursuivant sa route, Don Quichotte met des marchands au défi de confesser qu'il n'y a pas de dame plus belle au monde que Dulcinée du Toboso. L'aventure tourne mal, et Don Quichotte finit roué de coups.

Chapitres V-VIII

Incapable de se relever, il est aidé par un voisin qui le reconnait et le ramène dans leur village où Nicolas, le curé, sa nièce et sa gouvernante décident de bruler les livres qui ont fait perdre l'esprit au gentilhomme. Une fois debout, le chevalier repart pourtant, avec Sancho Panza, un paysan qu'il nomme écuyer. Le pauvre, un peu benêt, l'accompagne à dos d'âne, ravi de la promesse que lui a faite le chevalier errant de le faire gouverneur d'un archipel.

DEUXIÈME ET TROISIÈME PARTIES

Chapitres IX-XVI

Don Quichotte et son écuyer arrivent dans une auberge où le chevalier croit recevoir les avances d'une dame de haut rang qui est en réalité une servante promise au muletier, qui dort sur la couche d'à côté. Le muletier, n'appréciant pas les discours de Don Quichotte à son amie, le roue de coups. Don Quichotte pense que c'est l'œuvre d'un redoutable géant envoyé par un Maure enchanté.

Chapitre XVII

Le gentilhomme refuse de payer l'aubergiste, car aucun chevalier ne débourse jamais un sou pour le gite et le couvert. Des farceurs se vengent alors en mettant Sancho dans un drap et en le faisant voltiger en l'air. Les deux amis quittent les lieux, complètement brisés.

Chapitre XVIII

Sancho veut rentrer chez lui. Il constate que Don Quichotte n'a remporté aucune victoire et en a assez de ne récolter que des coups à la place des terres promises. Le chevalier lui rétorque que ces défaites sont causées par l'Enchanteur.

Chapitres XIX-XX

Ils croisent un défilé de prêtres accompagnant un mort au lieu de sa sépulture. Le chevalier attaque le convoi puisqu'il imagine que ce sont des fantômes envoyés par le diable. Dans l'aventure, grâce à l'inspiration de Sancho, Don Quichotte se baptise le chevalier à la Triste Figure.

Chapitre XXI

Sancho et Don Quichotte rencontrent un barbier qui porte sur la tête son plat à barbe pour se protéger de la pluie. Don Quichotte est ravi de trouver en cet homme un cavalier avec le heaume de Mambrin qu'il convoite et dont il s'empare.

Chapitre XXII

Sur la route, Don Quichotte libère un groupe de forçats du roi qu'on emmène aux galères et s'en trouve bien mal remercié.

Chapitres XXIII-XXVII

Réfugiés dans la montagne par crainte des représailles de la Sainte-Hermandad pour avoir libéré les forçats, les deux hommes apprennent l'existence de Cardénio, un noble vivant en sauvage par chagrin.

Don Quichotte envoie Sancho auprès de Dulcinée pour lui remettre la lettre qu'il a écrite pour elle. En chemin, Sancho rencontre le curé et Nicolas. Toujours décidés à ramener le chevalier au village, les deux hommes ourdissent un plan. En cherchant Don Quichotte, ils tombent sur Cardénio, qui leur conte l'histoire du vol de sa promise Lucinde par Don Ferdinand.

QUATRIÈME PARTIE

Chapitre XXVIII

Les trois hommes entendent les lamentations d'un jeune homme habillé en paysan. Ils découvrent qu'il s'agit en réalité d'une jeune femme qui se présente à eux comme étant Dorothée. Celle-ci a été déshonorée par Don Ferdinand qui lui avait promis de l'épouser et qui s'est enfui au saut du lit. Dorothée apprend aux hommes que Lucinde ne s'est pas donnée à Don Ferdinand : elle portait sur elle, le jour du mariage, une lettre précisant qu'elle appartenait à Cardénio, ce qui rendait son mariage avec Don Ferdinand impossible.

Chapitres XXIX-XXXI

Cardénio conclut que les mariages justes peuvent s'accomplir : Don Ferdinand avec Dorothée et Lucinde avec lui. Remis de leurs émotions, les personnages en reviennent à Don Quichotte. Selon le plan du curé pour ramener Don Quichotte au village, Dorothée se propose de jouer le rôle de la princesse qui demandera au chevalier errant de la venger d'un affront que lui a fait un géant.

Chapitres XXXII-XXXIX

Sur le chemin du « royaume de la princesse », le curé, Nicolas, Cardénio, Dorothée, Sancho et Don Quichotte s'arrêtent à l'auberge où Sancho a été lancé en l'air dans un drap.

Lucinde et Don Ferdinand y débarquent. Grâce aux larmes et au vibrant discours de Dorothée, Don Ferdinand se résout à libérer Lucinde et à épouser sa véritable promise, Dorothée.

Chapitres XL-XLVII

Afin de permettre à Dorothée d'abandonner son rôle et de poursuivre sa route de son côté, Nicolas et le curé enferment le chevalier dans une cage sur un char à bœufs pour le ramener au village.

Chapitres XLVIII-LII

En chemin, Don Quichotte demande à sortir de la cage pour

soulager un besoin, quand une procession de pénitents passe avec, sur leurs épaules, une statue de la Vierge. Il se précipite vers eux, croyant qu'on enlève une noble dame. Le chevalier en sort les épaules brisées et Sancho réussit à le convaincre de retourner au village. Don Quichotte, reconnaissant la mauvaise disposition des astres, accepte. Mais, à peine revenu, il repart pour une troisième sortie, glorieuse d'après la tradition des Manchois.

ÉTUDE DES PERSONNAGES

DON QUICHOTTE ET SANCHO PANZA

Don Quichotte est le personnage central du roman. Simple gentilhomme, il passe le plus clair de son temps à lire des romans de chevalerie et en oublie presque l'administration de son bien et l'exercice de la chasse. Son cerveau est contaminé par les aventures, les galanteries, les blessures, les amours, les tourments, les enchantements, les querelles, les batailles et les défis dont ses livres regorgent. Il en perd la raison et prend la décision de se faire chevalier errant. C'est à partir du moment où il se choisit le destin de chevalier et le nom de Don Quichotte que le personnage devient un héros de roman. Pour se donner les caractéristiques des chevaliers romanesques, il se confectionne une armure à partir d'éléments usés, se trouve une monture qu'il baptise Rossinante, un cheval à peine capable de galoper, et une dame à aimer, une grossière paysanne qu'il renomme pour l'occasion princesse Dulcinée du Toboso. Le chevalier errant, Don Quichotte de la Manche, fait donc disparaitre l'hidalgo Quijada (on ignore son nom exact ; peut-être est-ce Quesada ou Quijana ou encore Quijano).

Le curé, le barbier Nicolas, sa nièce et sa gouvernante voudraient lui rendre la raison, mais rien n'y fera. Don Quichotte n'existe plus que par sa folie singulière tissée dans son idéal romanesque et chevaleresque. Sa folie est pragmatique puisqu'il se montre à plusieurs reprises prêt à accommoder les lois de la chevalerie aux situations concrètes du réel. C'est le cas lorsqu'il juge acceptable de se faire armer chevalier par le premier venu. À de nombreuses reprises, les personnes qu'il rencontre témoignent de l'absence de déraison et de la haute intelligence de Don Quichotte quand il n'est pas question de chevalerie.

Le personnage de Don Quichotte ne trouve sa complétude que dans le couple inséparable qu'il forme avec Sancho Panza. Celui-ci est inhérent à la constitution de Don Quichotte et réciproquement.

Sancho, par la volonté de son maitre, devient écuyer, mais n'en oublie pas pour autant d'être ce qu'il est vraiment, à savoir un homme peureux, bon vivant, bavard et impénitent.

Don Quichotte et son écuyer Sancho sont à la fois semblables et différents. Leur point commun réside dans le fait que leur raison est altérée : la folie de l'un et l'imbécilité de l'autre font qu'ils ne peuvent pas juger correctement le monde qui les entoure. En ce qui concerne leurs différences, on constate une opposition marquée entre :

- l'ignorance et la culture ;
- la démence et le sens du réel ;
- un langage propre au parler des paysans et une façon noble et recherchée de s'exprimer comme dans la littérature chevaleresque ;
- le mépris des besoins naturels du corps humain (manger, boire, se reposer, dormir, etc.) et le souci de rester en bonne santé.

Cette opposition est également visible dans le nom de l'écuyer et dans le comportement de Don Quichotte, puisque l'un est l'allégorie du carnaval, l'autre du carême. Le nom de famille de l'écuyer, Panza, signifie, en espagnol, « ventre », et son prénom symbolise le cochon que les gens mangeaient pour fêter le carnaval. Ces allusions reviennent également dans le physique que Cervantès a donné à ce personnage, puisqu'il est décrit comme un petit homme gros. Inversement, Don Quichotte, homme grand et mince, reflet de l'autorité et des lois, incarne le carême qui fait suite au carnaval (TRAN-GERVAT Y.-M., *Don Quichotte*, Paris, Bréal, 2006, p. 46).

Enfin, après tant de temps passé ensemble, Don Quichotte et Sancho déteignent l'un sur l'autre : le bon sens de l'écuyer influence parfois son maitre qui, à l'inverse, entraine souvent son naïf acolyte à croire ses hallucinations.

DULCINÉE

Dulcinée du Toboso est une figure centrale du roman de Cervantès. Plus que Sancho et Don Quichotte eux-mêmes, Dulcinée constitue un être doublement fictif. Au sein de la diégèse (c'est-à-dire l'univers de l'œuvre), Dulcinée désigne en réalité Aldonza Lorenzo, une paysanne assez laide. Mais, pour Don Quichotte, elle représente Dulcinée, archétype de la princesse des romans de chevalerie. La folie du gentilhomme le pousse certes à idéaliser la paysanne. Néanmoins, nous aurions tort de ne pas saisir la profondeur à la fois parodique et psychologique de ce personnage.

Cervantès parodie, dans son roman, les récits du Moyen Âge. À travers le personnage de Dulcinée, il reprend et détourne les codes du roman de chevalerie et particulièrement ceux de l'amour courtois. Le nom de Dulcinée renvoie d'ailleurs au sème de la douceur. Ce personnage féminin s'apparente-rait à Yseult ou à Guenièvre si elle n'était pas en réalité une paysanne. Cervantès inverse par elle le principe de fin'amor pour tourner en dérision la littérature médiévale et ainsi, inaugurer une nouvelle forme littéraire.

Cependant, le personnage de Dulcinée possède un caractère ambivalent. D'une part, Don Quichotte confesse à Sancho qu'elle n'est pas véritablement la princesse qu'il croit qu'elle est :

> « Il me suffit donc de décider et de croire que la bonne Aldonza Lorenzo est belle et honnête [...]. Quant à moi, je la tiens pour la plus noble princesse du monde. [...]. En un mot, j'imagine que ce que je dis est comme je le dis, ni plus ni moins ; et je la vois en esprit telle que la veut mon désir [...] » (p. 276-277)

D'autre part, il affirme par cette proposition la dimension fictionnelle et créatrice de sa folie. Dulcinée se pose donc en personnage marqué par la dualité : elle navigue entre lucidité de la fiction et élan poétique du mensonge.

CLÉS DE LECTURE

LE POUVOIR DE LA FICTION

La question centrale du roman est celle du pouvoir de la fiction et de son danger sur les esprits influençables. La folie de Don Quichotte est de nature à confondre ses représentations visuelles, créées par son imagination, avec la réalité effective. Il donne une existence dans le monde aux visions imaginaires que suscitent les représentations des romans et en fait l'objet d'une histoire racontée par les livres.

Il y a, dans son esprit, une coïncidence exacte entre présence et représentation, entre réel et fiction. Don Quichotte nie que la littérature (les arts en général) est une représentation du monde ; selon lui, la littérature et le monde se confondent. Cette confusion engendre des hallucinations visuelles qui lui font prendre les auberges pour des châteaux, les paysannes pour de nobles dames, et les moulins pour des géants. Quand le chevalier est obligé de reconnaitre qu'il a été victime d'une illusion, comme c'est le cas dans la scène où les armées se transforment en troupeaux de moutons, il attribue son erreur à l'intervention des enchanteurs, des êtres qui, selon lui, s'acharnent à présenter le monde comme banal et ordinaire, et à le vider de tous les éléments qui rendent l'aventure du chevalier possible. Ainsi, l'imagination crée ses propres créatures fictives : par conséquent, elle est toute puissante, puisqu'elle n'a besoin d'être cohérente que par rapport à ses propres critères de vraisemblance et non de recourir à un référent extérieur objectif. Elle fonctionne en dehors de tout jugement critique rationnel.

UN ROMAN SUR LE ROMAN

Jean Ricardou parlait du Nouveau Roman non plus comme « l'écriture d'une aventure, mais [comme] l'aventure d'une écriture » (*Pour une théorie du Nouveau Roman*, Paris, Seuil, 1971). La proposition pourrait s'appliquer aussi à Don Quichotte. En effet, le roman de Cervantès se présente en apparence comme un roman d'aventure ou de chevalerie. Cependant, le lecteur comprend rapidement que la quête du chevalier à la Triste Figure est d'ordre fictionnel et langagier. Cervantès donne l'impression d'avoir écrit un roman, non sur l'amour courtois ou la chevalerie, mais sur l'art du roman lui-même.

Le gentilhomme de la Manche est un personnage de lecteur. Dès l'incipit, nous pouvons arpenter la bibliothèque de Quijada. On y retrouve notamment *Tirant le Blanc* de Joanot Martorell (écrivain catalan, 1410-1468), *Amadis de Gaule* de Garci Rodriguez de Montalvo (écrivain espagnol, fin XVe siècle) et *Palmerin d'Angleterre* de Francisco Morais (écrivain portugais, 1500-1572). *Don Quichotte* présente là une sorte de mise en abyme puisque l'on trouve des romans au sein même du roman. Cervantès pousse le procédé plus loin : il cite même *La Galatea* (1585), un roman qu'il a lui-même écrit. Par cette intertextualité, l'auteur fait de son roman un laboratoire de réflexion sur la littérature de son époque. De plus, il questionne le pouvoir de la lecture, considéré à la fois comme maladie et moteur de l'imagination.

Plusieurs théoriciens de la littérature, notamment Roland Barthes (1915-1980) et Marthe Robert (1914-1996), ont vu dans *Don Quichotte* le premier roman moderne. La rupture qu'il inaugure procèderait du caractère métafictionnel de cette œuvre. En jouant sur le registre de la parodie et en utilisant la mise en abyme, le roman de Cervantès parle autant de la forme que du fond, du processus d'écriture que de l'histoire racontée. À partir de ce roman, la littérature tendrait à questionner son rapport au monde et à se prendre elle-même comme objet. En ce sens, Don Quichotte marquerait également la naissance d'une certaine opposition entre romanesque et roman : là où le premier s'affirmerait comme un pur divertissement, le second œuvrerait à une multiplicité du sens et des interprétations, caractéristique notamment de sa capacité réflexive.

DON QUICHOTTE : UNE ŒUVRE DE LA RUPTURE

Don Quichotte parait entre 1605 et 1615, c'est-à-dire au début du XVIIe siècle. Diachroniquement, il marque donc une rupture dans la culture occidentale. Il se situe en effet à la fin du Moyen Âge et inaugure en quelque sorte l'époque moderne. Provoque-t-il un véritablement changement de paradigme dans la pensée ? Nous pouvons au moins décréter deux domaines dans lesquels ce roman a des répercussions, l'un est poétique, l'autre politique :

- poétiquement, *Don Quichotte* annonce une nouvelle ère littéraire. Il utilise en effet la parodie pour se situer en marge de la littérature dite médiévale. Le mot « parodie » vient du grec *pará* et *ôidé* et signifie littéralement « à côté du chant ». Cervantès ne fait pas table rase de la tradition comme le feront plus tard les avant-gardistes du XXe siècle. Il se réapproprie les codes de la littérature contemporaine pour les dépasser. Il écrit « à côté » des romans pastoraux, des romans de chevalerie, des épopées ou des chansons de geste. En cela, il produit une littérature marginale : son personnage, Don Quichotte, demeure encore aujourd'hui une figure de la marginalité ;

- politiquement, *Don Quichotte* annonce une transformation historique qui se produira tout au long de l'époque moderne. Le personnage n'est plus un chevalier ou un homme de haute noblesse, mais un pauvre hidalgo qui se voudrait chevalier. Déjà, la société féodale n'existe plus que dans la fiction, voire dans la dérision. L'intérêt pour le personnage de Don Quichotte que l'on retrouve au XIXe siècle pourrait s'expliquer ainsi : les auteurs romantiques, en affirmant l'individualité et l'originalité contre le classicisme et l'imitation, considéraient Cervantès comme un précurseur.

LE RIRE

On distingue plusieurs types de rire dans cette œuvre :

- **le rire de supériorité**. Lorsque Don Quichotte et Sancho découvrent la véritable cause du bruit épouvantable qui les a tenus en haleine toute la nuit (p. 214), à savoir un simple moulin à foulon, Sancho ne peut s'empêcher d'éclater de rire tout en tournant en dérision son maitre par un discours parodique. Il reprend le discours héroïque de Don Quichotte (« Apprends, Sancho, que le ciel m'a fait naître dans ce siècle de fer pour que j'y fasse revivre l'âge d'or », etc.) sans même le modifier : sorti de son contexte dramatique (exposition aux pires dangers), il devient ridicule (les pires dangers ne sont que des moulins). Sancho sort de son rôle en oubliant son rang et adopte une attitude de supériorité à l'égard de son maitre, tombé des hauteurs de son imagination héroïque quand Sancho reste bien campé sur ses jambes. De même, le lecteur rit de la folie de Don Quichotte pour s'assurer de sa supériorité sur le chevalier : le lecteur rit de l'autre qui est fou, ce qui l'assure que lui-même ne l'est pas, sinon il ne rirait pas ;

- **le rire de fête**. Quand Sancho voit arriver le curé et le barbier déguisés l'un en princesse éplorée, l'autre en son serviteur, il rit d'un rire spontané et gai. Il ne rit pas pour établir une distance raisonnable entre ces deux hommes et lui-même. C'est un rire carnavalesque qui a une dimension vitale et régénératrice. L'Espagne du siècle d'or était une société très hiérarchisée soumise à la censure et à l'Inquisition ; rire dans cet espace social contraignant est donc une forme de liberté. Cervantès a introduit dans son œuvre des éléments folkloriques et populaires pour établir un lieu de rencontre entre le sérieux et le rire, entre la loi et sa transgression et entre la hiérarchie et son renversement : un simple gentilhomme de la campagne renverse les classes sociales en se targuant du « Don » des aristocrates. Le prétexte de cette rencontre est la folie qui ne respecte aucune limite, comme au Carnaval. C'est parce qu'il est fou que Don Quichotte échappe à la condamnation. Les barrières sociales sont également bousculées par les rapports entre le maitre et l'écuyer qui dépassent largement le cadre magistral pour se faire complices. L'écuyer est bavard et impertinent, et son maitre ne le punit pas. Le roman de Cervantès est une fête qui provoque joie et distraction ;

- **le rire de la connaissance**. On rit autant de l'inadéquation de l'imaginaire de Don Quichotte avec la réalité concrète et de sa volonté de ressusciter les nobles valeurs de la chevalerie que de l'incapacité de la société aristocratique contemporaine à appliquer les valeurs dont elle se réclame : Don Quichotte est ridicule de se revendiquer d'une particule à laquelle il n'a pas droit, mais les vieux chrétiens offusqués par ce vol de particule le sont tout autant d'avoir à constater que seul un fou respecte si scrupuleusement les valeurs de l'Église. On constate ainsi que les vérités sont réversibles selon les points de vue adoptés. La dimension fondamentalement humaine de l'humour cervantin se manifeste par une représentation vraie de la nature humaine comprise dans sa complexité, dans sa noblesse comme dans sa bassesse. Le rire humaniste met en avant la relativité des choses humaines. Il se veut sympathique pour autrui, lucide et fait d'autodérision. C'est une forme de sagesse que le rire cervantin. Mais la mise en exergue de la vanité de l'humaine condition est dépassée grâce à l'exaltation de cette qualité propre à l'homme qu'est le rire ;
- **le rire lié à la parodie**. Une parodie est l'imitation d'un ouvrage littéraire que l'on veut tourner en dérision, ce qui, évidemment, provoque le rire.

> « Cette nuit-là, [le chevalier] fera ses adieux à l'infante derrière les grilles d'un jardin, sous les fenêtres de la chambre où elle dort, là où il lui a déjà parlé maintes fois par l'entremise d'une suivante, médiatrice avisée en la matière, qui a toute

la confiance de l'infante. Il soupirera, elle s'évanouira, la suivante apportera de l'eau fraîche et s'inquiètera de voir que le jour se lève, car elle craint pour l'honneur de sa maîtresse au cas où on les découvrirait. » (p. 225)

Don Quichotte voulant résumer pour Sancho les développements des livres de chevalerie se retrouve à en faire un résumé parodique, là où il voulait louer le genre. Il signale comme schématiques, mécaniques et artificielles ces histoires de chevalerie. Il définit ses livres favoris comme des tissus de lieux communs usés et prévisibles alors qu'il voulait les glorifier. L'évocation en style épique des deux armées qui ne sont en réalité que des troupeaux de moutons (chapitre XVIII) est également exemplaire du style parodique. Plus précisément, il s'agit là d'une parodie du genre épique ;

- **le burlesque**. Il s'agit d'un type de comique reposant sur un jeu de décalage entre la grandeur et la trivialité. On retrouve ce style dans la bouche de Sancho lorsqu'il raconte, au moyen de ses propres mots, les actions héroïques de son maitre ou de ses modèles.

LA MULTIPLICITÉ LANGAGIÈRE

Le roman est une véritable aventure du langage. À travers le voyage et le dialogue continu des deux personnages, toute la littérature, tous les styles de discours, tous les registres de langue, de l'insulte au proverbe, des considérations scatologiques aux envolées poétiques, sont parcourus par le lecteur. (TRAN-GERVAT Y.M., *op. cit.*, p. 48)

L'écuyer et le chevalier ont chacun leur langage et éprouvent, au départ, des difficultés à se comprendre : l'un utilise une langue recherchée et archaïque, l'autre un jargon proverbial un peu lourd. Mais, peu à peu, chacun essaye de lever la barrière des incompréhensions.

Dans son roman, Cervantès explore également la langue espagnole dans toute sa diversité grâce aux discours des personnages que les héros rencontrent : bergers, brigands, aubergistes, filles de joie, paysans, grands seigneurs, ecclésiastiques, etc.

La parodie, le burlesque et l'héroïcomique dont le roman se réclame ont évidemment aussi des conséquences stylistiques. On retrouve dans l'œuvre de Cervantès des passages caractéristiques des livres de chevalerie, des romans pastoraux, des romances et de la poésie.

LA RÉCEPTION DE L'ŒUVRE

Don Quichotte a tout de suite rencontré un succès notable pour son époque. En France, le roman est traduit par Cesar Oudin (1560-1625) en 1614. Mais l'élément le plus capital réside dans le débat que sa publication a suscité. Déjà au XVIIe siècle, *Don Quichotte* conduit le genre romanesque à se remettre en question. Sur le plan poétique, les théoriciens se demandent si la fiction doit être mensongère ou, au contraire, permettre l'accès à la vérité. Sur le plan social, le roman de Cervantès met en perspective le rôle, néfaste ou salutaire, de la lecture.

Le personnage de Don Quichotte est perçu soit comme un caractère négatif, un être faible et influencé par la lecture ;

soit comme un héros de l'imagination et des marges de la société. Pour le premier cas, citons Charles Sorel (écrivain français, 1582-1674) et son imitation, à la française, du Quichotte, *Le Berger extravagant* (1627). S'il reprend l'idée d'un lecteur devenu fou, c'est avant tout pour condamner le genre romanesque d'un point de vue essentiellement moral. Il tire du récit de Cervantès un aspect purement exemplaire. Inversement, et ce jusque dans la pensée contemporaine, certains considèrent le personnage de Don Quichotte comme une figure de la modernité. Michel Foucault (philosophe français, 1926-1984), par exemple, fait de la folie de Don Quichotte, dans son *Histoire de la folie à l'âge classique*, le point de départ d'une modernité centrée sur le langage.

La fascination des artistes et penseurs pour le roman ne s'est pas tarie : au cinéma comme en bande dessinée ou en peinture, le personnage de Cervantès a marqué la culture occidentale, voire mondiale. Sur le caractère ambigu de sa réception, le cas de Flaubert (écrivain français, 1821-1880) et de son roman *Madame Bovary* (1856) reste exemplaire : comme Don Quichotte, Emma parvient à la folie par la lecture. Là où Cervantès présentait les limites de la société féodale, Flaubert démontre les problèmes d'une société démocratique. En cela, Don Quichotte altère aussi la pensée politique.

PISTES DE RÉFLEXION

QUELQUES QUESTIONS POUR APPROFONDIR SA RÉFLEXION...

- Relevez un passage de *Don Quichotte* particulièrement exemplaire du style héroïcomique et expliquez en quoi il est représentatif du genre.
- Quelle était l'intention principale de l'auteur en rédigeant *Don Quichotte* ?
- Dulcinée est le personnage de fiction par excellence. Commentez cette assertion.
- Considérez-vous le roman de Cervantès comme un hymne à l'amitié ?
- Comment le XIXe siècle at-il interprété le personnage de Don Quichotte ?
- Citez une autre figure de l'antiroman et de la folie romanesque et comparez-la à Don Quichotte.
- La lecture est considérée dans ce roman comme une maladie : faites un parallèle avec le roman de Gustave Flaubert, *Madame Bovary*.
- Don Quichotte est un personnage en circulation dans la culture, donc un mythe. Citez des adaptations directes ou indirectes de *Don Quichotte* dans la littérature et le cinéma contemporains.
- Le théâtre, la peinture, la musique, le ballet, etc., ont pris pour thème ce chevalier errant. À votre avis, pourquoi l'œuvre de Cervantès a-t-elle une si grande influence sur les arts en général ?
- Quel(s) lien(s) peut-on établir entre le roman de Charles Sorel, *Le Berger extravagant*, et *Don Quichotte* ?

- Analysez la nouvelle de Borges, *Pierre Ménard, auteur du « Quichotte »*. Quelles différences et similitudes repérez-vous entre les deux œuvres.
- En quoi *La Rose pourpre du Caire* (1984), film de Woody Allen (cinéaste et acteur américain, né en 1935), est-il exemplaire de la fortune du personnage de Don Quichotte sur grand écran ?
- *Don Quichotte* est l'objet de nombreuses adaptations cinématographiques. Analysez dans celle de votre choix la manière dont la célèbre scène des moulins est rendue.

Votre avis nous intéresse !
Laissez un commentaire sur le site de votre librairie en ligne
et partagez vos coups de cœur sur les réseaux sociaux !

POUR ALLER PLUS LOIN

ÉDITION DE RÉFÉRENCE

- Cervantès M. de, *L'Ingénieux Hidalgo Don Quichotte de la Manche*, Paris, Seuil, coll. « Points », 1997, 518 p.

ÉTUDE DE RÉFÉRENCE

- Tran-Gervat Y.-M., *Don Quichotte*, Bréal, Paris, coll. « Connaissance d'une œuvre », 2006.

ADAPTATIONS

- *El Quijote de Miguel de Cervantes*, série télévisée de Manuel Gutiérrez Aragón, avec Fernando Rey, Alfredo Landa et Francisco Merino, Espagne, 1992.
- *Don Quichotte*, téléfilm de Peter Yates, avec John Lithgow, Bob Hoskins et Isabella Rossellini, États-Unis, 2000.
- *Lost in La Mancha*, film documentaire de Keith Fulton et Louis Pepe, États-Unis et Grande-Bretagne, 2002.

Retrouvez notre offre complète sur lePetitLittéraire.fr

- des fiches de lectures
- des commentaires littéraires
- des questionnaires de lecture
- des résumés

ANOUILH
- Antigone

AUSTEN
- Orgueil et Préjugés

BALZAC
- Eugénie Grandet
- Le Père Goriot
- Illusions perdues

BARJAVEL
- La Nuit des temps

BEAUMARCHAIS
- Le Mariage de Figaro

BECKETT
- En attendant Godot

BRETON
- Nadja

CAMUS
- La Peste
- Les Justes
- L'Étranger

CARRÈRE
- Limonov

CÉLINE
- Voyage au bout de la nuit

CERVANTÈS
- Don Quichotte de la Manche

CHATEAUBRIAND
- Mémoires d'outre-tombe

CHODERLOS DE LACLOS
- Les Liaisons dangereuses

CHRÉTIEN DE TROYES
- Yvain ou le Chevalier au lion

CHRISTIE
- Dix Petits Nègres

CLAUDEL
- La Petite Fille de Monsieur Linh
- Le Rapport de Brodeck

COELHO
- L'Alchimiste

CONAN DOYLE
- Le Chien des Baskerville

DAI SIJIE
- Balzac et la Petite Tailleuse chinoise

DE GAULLE
- Mémoires de guerre III. Le Salut. 1944-1946

DE VIGAN
- No et moi

DICKER
- La Vérité sur l'affaire Harry Quebert

DIDEROT
- Supplément au Voyage de Bougainville

Dumas
- Les Trois
  Mousquetaires

Énard
- Parlez-leur
  de batailles,
  de rois et
  d'éléphants

Ferrari
- Le Sermon sur la
  chute de Rome

Flaubert
- Madame Bovary

Frank
- Journal
  d'Anne Frank

Fred Vargas
- Pars vite et
  reviens tard

Gary
- La Vie devant soi

Gaudé
- La Mort du
  roi Tsongor
- Le Soleil des
  Scorta

Gautier
- La Morte
  amoureuse
- Le Capitaine
  Fracasse

Gavalda
- 35 kilos d'espoir

Gide
- Les
  Faux-Monnayeurs

Giono
- Le Grand
  Troupeau
- Le Hussard
  sur le toit

Giraudoux
- La guerre de
  Troie
  n'aura pas lieu

Golding
- Sa Majesté des
  Mouches

Grimbert
- Un secret

Hemingway
- Le Vieil Homme
  et la Mer

Hessel
- Indignez-vous !

Homère
- L'Odyssée

Hugo
- Le Dernier Jour
  d'un condamné
- Les Misérables
- Notre-Dame
  de Paris

Huxley
- Le Meilleur
  des mondes

Ionesco
- Rhinocéros
- La Cantatrice
  chauve

Jary
- Ubu roi

Jenni
- L'Art français
  de la guerre

Joffo
- Un sac de billes

Kafka
- La Métamorphose

Kerouac
- Sur la route

Kessel
- Le Lion

Larsson
- Millenium I. Les
  hommes qui
  n'aimaient pas
  les femmes

Le Clézio
- Mondo

Levi
- Si c'est un
  homme

Levy
- Et si c'était vrai…

Maalouf
- Léon l'Africain

MALRAUX
- La Condition humaine

MARIVAUX
- La Double Inconstance
- Le Jeu de l'amour et du hasard

MARTINEZ
- Du domaine des murmures

MAUPASSANT
- Boule de suif
- Le Horla
- Une vie

MAURIAC
- Le Nœud de vipères

MAURIAC
- Le Sagouin

MÉRIMÉE
- Tamango
- Colomba

MERLE
- La mort est mon métier

MOLIÈRE
- Le Misanthrope
- L'Avare
- Le Bourgeois gentilhomme

MONTAIGNE
- Essais

MORPURGO
- Le Roi Arthur

MUSSET
- Lorenzaccio

MUSSO
- Que serais-je sans toi ?

NOTHOMB
- Stupeur et Tremblements

ORWELL
- La Ferme des animaux
- 1984

PAGNOL
- La Gloire de mon père

PANCOL
- Les Yeux jaunes des crocodiles

PASCAL
- Pensées

PENNAC
- Au bonheur des ogres

POE
- La Chute de la maison Usher

PROUST
- Du côté de chez Swann

QUENEAU
- Zazie dans le métro

QUIGNARD
- Tous les matins du monde

RABELAIS
- Gargantua

RACINE
- Andromaque
- Britannicus
- Phèdre

ROUSSEAU
- Confessions

ROSTAND
- Cyrano de Bergerac

ROWLING
- Harry Potter à l'école des sorciers

SAINT-EXUPÉRY
- Le Petit Prince
- Vol de nuit

SARTRE
- Huis clos
- La Nausée
- Les Mouches

SCHLINK
- Le Liseur

SCHMITT
- La Part de l'autre
- Oscar et la
  Dame rose

SEPULVEDA
- Le Vieux qui
  lisait des romans
  d'amour

SHAKESPEARE
- Roméo et Juliette

SIMENON
- Le Chien jaune

STEEMAN
- L'Assassin
  habite au 21

STEINBECK
- Des souris et
  des hommes

STENDHAL
- Le Rouge et
  le Noir

STEVENSON
- L'Île au trésor

SÜSKIND
- Le Parfum

TOLSTOÏ
- Anna Karénine

TOURNIER
- Vendredi ou
  la Vie sauvage

TOUSSAINT
- Fuir

UHLMAN
- L'Ami retrouvé

VERNE
- Le Tour
  du monde
  en 80 jours
- Vingt mille
  lieues sous
  les mers
- Voyage au
  centre de
  la terre

VIAN
- L'Écume des jours

VOLTAIRE
- Candide

WELLS
- La Guerre des
  mondes

YOURCENAR
- Mémoires
  d'Hadrien

ZOLA
- Au bonheur
  des dames
- L'Assommoir
- Germinal

ZWEIG
- Le Joueur
  d'échecs

www.lepetitlitteraire.fr

ISBN version numérique : 978-2-8062-9249-0
ISBN version papier : 978-2-8062-9250-6
Dépôt légal : D/2016/12603/950

Avec la collaboration de Thibault Boixière pour l'analyse du personnage de Dulcinée ainsi que les chapitres « Un roman sur le roman », « *Don Quichotte*, une œuvre de la rupture » et « La réception de l'œuvre ».

Conception numérique : Primento,
le partenaire numérique des éditeurs.

Ce titre a été réalisé avec le soutien de la Fédération Wallonie-Bruxelles, Service général des Lettres et du Livre.